KB136843

인생은 너무도 느리고 희망은 너무도 난폭해

베로니크 캉피옹에게 보내는 프랑수아즈 사강의 편지들

Chèr Véronique,

인생은 너무도 느리고

희망은 너무도 난폭해

프랑수아즈 사강

Françoise

김계영 옮김　　*Écris-moi vite et longuement*　　레모

일러두기

이 편지를 엮은 편집자의 주석은 '●'으로,
한국어판 옮긴이의 주석은 '＊'으로 표기하였습니다.

간혹 프랑수아즈 사강의 손글씨를 알아볼 수 없어
해석하지 못한 부분이 있습니다.

차례

서문

프랑수아즈 사강이 베로니크 캉피옹에게 써 보낸 이 편지들은 신기하다. 다른 글들이 특종과 스캔들이 난무하여 불행의 새들이 쪼아대는 먹잇감이라면, 이 미발행 서간집에서 발견하는 것은 또 다른 면의 '센세이셔널함'이다. 절대적으로 가장 자연스러운 상태의, 웃고 지루해하고 유쾌함의 예술을 키우고 어리석은 장난만 생각하는 스무 살 프랑수아즈를 발견할 수 있기 때문이다. 첫 소설 『슬픔이여 안녕』이 전 세계에서 성공을 거두었음에도 그는 흡사 마흔 살 중년처럼 성공에는 관심이 없고, 그저 자기의 전설에서 벗어나기만을 염원하며 친구에게 편지를 쓴다. "사강은 멀리 있어. 모든 게 괜찮아." 사강은 회고록에서 자신이 '명성을 베일처럼 뒤집어썼다'고 말하기도 했다. 젊디젊은 사강이 친구에게 써 보낸 이 진중하고 다정한 글을 통해 우리는 그 '베일' 아래 감춰진, 경솔하면서도 플라토닉하며 사랑스러운 이를 만날 수 있다. 무엇이 첫사랑과 첫 우정을 구별하는가? 잎담배를 마는 얇은 종이 한 장 차이가 아닌가! 두 감정은 서로 닮았으며, 충동 또한 비슷하다. 프랑수아즈는 베로니크에게 멋지게 애정을 표현하고, 아무것도 아닌 사소한 일로 다퉜다가도 금세 화해하며, 불안마저도 경이롭게 만들어버리는 솜씨로 친구의 울적한 기분을 달랜다. "넌 열심히 했어, 그러니 혹여라도 정말 운이 나빠 시험을 망쳤다 해도 네 부모님은 너를 혼낼 게 아니라 위로해야해. 부모님께서 이해 못 하신다면 난 〈피가로〉에 이 일에 관한 글을 기고할 거야."

그런데 두 사람이 서로, 프랑수아즈를 플릭으로, 베로니크를 플록으로 부르는 까닭은 무엇일까? "그건 만화 〈프누아르 가족(famille Fenouillard)〉*을 그린 크리스토프의 또 다른 시리즈 〈플릭과 플록의 장난(Les

---

* 프랑스 초기 만화 시리즈. 중산층 가족의 모험을 희극적으로 그렸다.

Malices de Plick et Plock)〉에서 가져온 것"이라고 베로니크 캉피옹은 웃음기 어린 목소리로 설명한다. "플릭은 호리호리하고 플록은 약간 통통한데, 둘은 실수도 엄청나게 하고 짓궂은 장난을 치는 꼬마 요정이에요. 프랑수아즈는 우리가 꼬마 요정을 닮았다고 생각했던 게 틀림없어요. 보시다시피 나는 지금 여든여섯 살이니, 정말이지 아득한 옛날 일이죠!" 프랑수아즈는 자신의 편지에 '프랑수아즈 플릭 사강'이라고 서명하며 즐거워하고, 이런 제안까지 한다. "나의 다음 책에는 프랑수아즈 P. 사강이라고 쓰고 말 테야, 두고 봐. 사람들은 내가 비밀 결혼을 했다고 여길 거고, 그 상대가 '플릭'이라고 믿겠지, 후후후, 그렇게 할 거야!"

친구의 글 속에서 플록은 '얘'가 되기도 한다. "당시에는 그런 표현을 많이 썼다"고 베로니크는 이야기한다. 또는 '베리녹'이 되기도 한다. "술꾼을 의미하는 표현이죠, 우린 엄청나게 마셔댔거든요…." 침묵. 베로니크가 말을 잇는다. "별명은 무척 많았어요. 아나벨 뷔페(Annabel Buffet)는 아니발(Annibal)로, 프랑수아즈는 가족들이 어렸을 때 불렀던 대로 키키(Kiki)로, 플로랑스 말로(Florence Malraux)*에게 별명이 있었는지는 기억나지 않네요, 아마 그가 좀 이성적이었기 때문이었겠죠."

프랑수아즈와 베로니크는 세련된 앙팡 테리블 같다. "우리는 열여섯 살 때 만났어요." 베로니크의 말이다. "우리 둘 다 1951년 바칼로레아 구술시험에서 떨어졌어요. 저는 프랑스 북부에 살고 있었는데 맹트농(Maintenon) 학원에 재수하려고 왔고, 거기서 프랑수아즈와 친구가 됐어요. 프랑수아즈는 파리 출신이고 저는 지방 출신이었죠. 우리는 소르본 대학의 예비교양과정**에 등록했어요. 프랑수아즈는 교양과정 졸업시험을 통과하지 못했어요. 그때 이미 글을 쓰고 있었던 것 같아요. 내가 시험에 통과했는지는 기억나지 않네요. 너무 오래전 일이거든요."

그러면서도 베로니크는 어떤 일은 세세히 기억한다. "우리는 많이 웃었고, 프랑수아즈는 생기발랄하고 똑똑했고, 그녀의 가족들과 마찬가지로 재미있었어요. 자주 프랑수아즈 집에 갔었어요. 가족들은 대단히 독특한 사람들이었어요. 쿠아레*** 씨는 유력인

---

* Florence Malraux(1933~2018). 앙드레 말로의 딸. 사강과는 1950년에 만난 오랜 친구. 이후 프랑수아 트뤼포, 알랭 레네 감독의 조감독 일을 했으며 프랑스 영화진흥위원회의 사전 지원 위원회 위원장을 역임하기도 했다.

** propédeutique. 1948년에 실시되어 1986년에 폐지된 1년간의 대학 교양과정.

사였고, 쿠아레 부인은 언제나 뭔가 잊어버려서 건망증으로 유명했죠! 그녀는 지루한 일에는 관심을 두려 하지 않았어요." 프랑수아즈처럼? "그래요, 바로 그거예요! 진지함이라곤 없는 가족이었죠. 가끔 저녁에, 폴 부르제****의 소설 발췌문을 큰 소리로 읽곤 했어요. 놀려주려고 말이죠! 사실 그 가족은 프루스트와 사르트르를 읽었어요. 대단히 교양 있는 사람들이었답니다. 쿠아레 씨는 엔지니어였는데 아르장퇴유에 정원 딸린 공장을 가지고 있어서 일요일이면 우리는 그곳으로 소풍을 가곤 했어요. 프랑수아즈의 큰언니는 그때 이미 결혼했기에 잘 알고 지내진 못했어요. 오빠는 곧잘 튀는 행동을 했죠." 프랑수아즈와 당신처럼? "그것도 조금은 그래요." 베로니크가 이번에는 웃음기 어린 목소리로 대답한다. "오후에는 학교에 가는 대신에 클럽에 가곤 했죠, 뉴올리언스 재즈를 들으며 춤을 췄어요!"

*** 쿠아레(Quoirez)는 사강의 본래 성이다. 『슬픔이여 안녕』 출간 당시 프랑수아즈가 미성년이었고 지역 인명부에 쿠아레라는 이름이 하나뿐이어서 딸을 염려한 아버지가 다른 성을 쓸 것을 추천했고 사강은 평소 좋아하던 프루스트의 『잃어버린 시간을 찾아서』의 등장인물 중 하나인 사강(Princesse de Sagan)이라는 이름을 택한 것으로 알려져 있다.

**** Paul Bourget(1852-1935), 보수 전통주의 경향의 프랑스 소설가.

베로니크 캉피옹은 다행스럽게도 이 편지들을 프랑수아즈 사강의 아들 드니 웨스토프(Denis Westhoff)에게 맡기기로 했지만, 안타깝게도 사강의 유품에서 베로니크가 쓴 답장을 찾지는 못했다. 그렇다고 베로니크가 우쭐대지는 않는다. 베로니크는 신중한 사람이다. 왜 그들의 서신 교환이 끊어졌느냐고 묻자 그녀는 말을 아낀다. "싸운 적은 한 번도 없어요. 하지만 인생의 어느 시점에 프랑수아즈는 세상 사람들을 많이 만나기 시작했어요. 나는 내가 그에게 불필요하다고 느꼈고, 더 만나지 않게 되었지요."

그럼에도 프랑수아즈는 친구에게 이렇게 찬사를 보낸다. "너야말로 내가 변함없이 보고 싶어하는 유일한 사람이라고 말해두려고 해. 사람들은 네가 생각하는 것보다 훨씬 덜 똑똑해, 무엇보다, 무엇보다 그들은 절대 자유로운 정신을 가진 사람들이 아니야. 하지만 너는 그런 사람이지. 그건 어마어마한 힘이고, 나는 네가 오랫동안 그 마음을 간직해주기를 바라. 이건 공연한 미사여구가 아니야, 내 생각엔 그래. 우리는 한계의 한가운데에서 살아가고 있어. 프랑크조차 자기의 한계가 있어."

프랑크*조차 자기의 한계가 있다니! 베로니크 캉

피옹은 그에 대해 더 언급하지 않고, 자세히 기억나지 않는다고만 말한다. 그러나 그 느낌은 기억한다. "저는 무언가 대단한 것의 구경꾼이었어요. 매혹, 명성, 자동차, 돈, 문인들…. 프랑수아즈는 나에게 지성의 문을 열어주었어요. 우리를 이어준 건, 정신적인 자유가 맞아요. 우리는 체제에 대해, 종교에 대해, 정치와 식민지에 대해 반항하고 있었어요. 우리는 반역의 정신을 나눠 가졌죠, 그렇다고 정치인이 되지는 않았지만요! 고통의 감정 또한 우리를 연결해주었어요. 자신의 하루하루를 채워나가는 게, 주변에 항상 사람들이 있어야 하는 게 프랑수아즈에게 중요했던 것도 그래서예요. 그렇지 않으면 프랑수아즈는 지루해했어요. 그에게는 그것이 강력한 원동력, 어쩌면 가장 중요한 원동력이었다고 생각해요."

베로니크는 사회심리학과 민족학을 공부했고, 뛰어난 사회학자가 되었다. 다호메이 왕국**에 관한 박사학

---

* Bernard Frank(1929-2006), 프랑스의 작가이자 저널리스트. 1957년 사강의 자동차 사고 때 함께 있었다.

** 약 1600년부터 1904년 사이 오늘날 베냉 지역에 있었던 아프리카의 왕국.

위 논문을 썼고 프랑스 국립과학연구센터(CNRS)의 자료관리원으로 일했으며, 도시 전설, 장기(臟器) 매매, 음모론에 관한 책을 여러 권 출간했다. 프랑수아즈는 사강이 되었다. 이 감동적인 우정의 발견을 넘어, 이 편지들은 또한 작가 사강의 일기로, 그녀가 존재했던 1950년대의 탁월한 증언으로도 읽힌다. 문학사에 대해서라면 누구나 익히 알고 있으리라. 오랜 시간 공들여 썼다고 믿을 만큼 모두를 놀라게 한 뛰어난 재능을 가진 한 소녀가 그 소설을 써내기까지의 과정*과, 그가 세 편의 글**과 스캔들 하나로 순식간에 세계적인 베스트셀러 작가로 떠오른 과정을 우리는 잘 알고 있다. 그렇지만, 프랑수아즈 사강이 일상의 소용돌이를 어떻게 살아냈는지를 관찰하는 일은 흥미진진하다. 일상에 대해 그가 생각하는 것, 그가 느끼는 것, 그를 매혹하는 것, 그리고 그를 상처 입히는 것. 뉴욕에서, 라스베이거스에서, 혹은 소설 홍보나 취재를 하러 방문한 예루살렘에서, 휴가를 보내던 생트로페나 오

---

* 『슬픔이여 안녕』은 1953년 여름에 사강이 6주 만에 써낸 것으로 알려져 있다.

** 『슬픔이여 안녕』의 성공 후 〈엘르(Elle)〉에 연재한 〈나폴리여 안녕〉 〈카프리여 안녕〉 〈베니스여 안녕〉을 말한다.

스고르(Hossegor)에서… 프랑수아즈는 친구에게 자신의 낮보다 아름다운 밤들을, 자신이 읽은 책과 경험한 일들을 털어놓는다. 눈부신 햇살, 숙취, 여정에서 가진 화려한 만남에 관해. "말론 브랜도를 봤어, 푸른 눈에 대단히 영민한 사람이야." 그러나 프랑수아즈 사강이 어느 정도로 명예를, 늘 똑같이 반복되는 나날들을 대수롭지 않게 여기는지 확인하는 것이야말로 가장 흥미로운 지점이다. 그의 성공은 그의 모습을 왜곡했지만, 사강의 본모습은 절대 변질시키지 못한다. 방탕한 생활을 하고, 망나니처럼 굴고, 프리마돈나처럼 행동하거나 불안에 떨던 순간에도 이처럼 천재적인 문장이 증명하듯 그는 결코 자신의 명석함을 잊지 않는다. "걱정하지 마, 나는 사람들이 말하는 것처럼 불행하지 않으니까. 단지 그들은 몇 가지 측면에서 자기에게서 멀어지는 이에 대해 그런 식으로 말할 뿐이야, 자기 자신의 실망보다 타인의 불행을 원하면서 말이야." 사강은 자기 자신으로 존재한다. 베로니크 캉피옹이 확인해준다. "프랑수아즈는 줄곧 대단히 명철했어요. 자로 잰 듯 촘촘히 짜놓은 스케줄을 좋아하지 않았어요. 기자들이 던지는 모든 질문을 불쾌하게 여겼죠. 기분 좋은 건, 돈이었어요. 왜냐하면 돈이 그에게 모든 가능성, 친구들을 초대하고, 자동차들을 살 가능성을 선사했으니까요.”

시간이 흐르면서 사강은 더욱 전속력으로 살아간다. “언젠가, 우리가 밀리 라 포레(Milly-la-Foret)의 크리스티앙 디올의 옛집에서 쥘 다생(Jules Dassin)과 멜리나 메르쿠리(Melina Mercouri)를 기다리고 있었는데, 그들이 늦게 도착해서 우리가 그들을 마중하러 갔었고, 거기서 자동차 사고가 났어요. 나는 골반이 부러졌고, 프랑수아즈는 크게 다쳤어요.”

베로니크에게 보낸 편지에서 프랑수아즈가 내린 결론은 이랬다.

“기적적으로 죽음을 모면한 플릭과 플록은 새로운 이동 수단을 물색한다.

– 플릭 : 걸어가면 어떨까, 플록?

– 플록 (우아하게) : 그걸 말이라고 하니, 샤를!

네가 다쳐서 난 혼란스럽고 슬퍼, 사랑해.”

우리가 익히 알고 있듯, 종착지가 불확실한 고난의 길이 이어진다. 아편 진통제 중독, 치료, 편두통, 현기증, 마지막 편지들에서 언급되는 금단 증상…. 플릭은 이를 악물지만, 그건 또 다른 이야기이다.

미칠 듯 감미로웠던 그 시절의 가장 멋진 추억이

무엇이냐는 질문에 베로니크 캉피옹은 대답하고 싶지 않다는 듯 이렇게 말한다. "무언가 말하고 나면 내일은 다른 걸 생각할 거고, 그렇게 말한 걸 후회하겠지…. 이런 건 어떨까요, 프랑수아즈를 떠올릴 때면 저는 어떤 방을 생각해요, 밤새도록, 위스키도 마시지 않고 잠들지도 않은 채, 모든 것에 대해 열띤 토론을 벌이던 그 방." 아마 흐트러진 침대 옆이었으리라.

올리비아 드 랑베르트리

연보

1951년 6월	프랑수아즈 사강, 베로니크 캉피옹을 만나다.
1952년 7월	프랑수아즈 사강과 베로니크 캉피옹, 바칼로레아 시험을 치르다.
1952년 9월	재수 후 바칼로레아 통과.
1952년 11월	소르본 대학 등록. (25페이지 편지 참조)
1953년 6월	프랑수아즈, 예비교양과정 졸업시험을 통과하지 못하다.
1953년 7월	프랑수아즈, 가족과 함께 오스고르에서 여름휴가를 보내다. 시험에 떨어진 일로 어머니와 언니의 놀림을 받다.

1953년 8월	프랑수아즈, 아버지와 함께 파리로 돌아와 『슬픔이여 안녕』 원고를 끝내기로 결심하다.
1954년 4월	『슬픔이여 안녕(Bonjour Tristesse)』 출간.
1954년 6월	〈엘르(Elle)〉 창립자 엘렌 고르동-라자레프(Hélène Gordon-Lazareff)를 만나다.
1954년 9월	프랑수아즈, 엘렌의 요청으로 〈엘르〉에 실을 이탈리아 여행기를 집필하다. 〈나폴리여 안녕(Bonjour Napes)〉이라는 제목의 글로 여행기를 시작하다.
1954년 10월	역시 〈엘르〉를 위해 베네치아와 카프리를 방문.
1954년 12월	사진작가 필리프 샤르팡티에와 함께 베이루트 여행. 예수살렘을 여행한 후 〈예수살렘을 발견하다(Je découvre Jérusalem)〉를 쓰다. (45, 46페이지 편지 참조)
1955년 4월~6월	『슬픔이여 안녕』 홍보를 위해 미국으로 떠나다. 언니 쉬잔, 브뤼노 모렐(Bruno Morel)과 함께 키웨스트를 여행하고, 그곳에서 매컬러스와 테네시

윌리엄스를 만나다. (53, 55, 57, 61페이지 편지 참조)

브뤼노 모렐과 라스베이거스에 체류. (63페이지 편지 참조)

1955년 7월	오스고르, 카자르크(Cajarc)에서 체류. 베로니크는 함께 있지 않았다. (77페이지 편지 참조)
1955년 8월	프랑수아즈, 파리로 돌아오다.
1956년 3월	파리에서 부모님과 함께 생활하며 밤 늦게 외출하다. (81페이지 편지 참조)
1956년 5월	아나벨과 마그뉘스(Magnus)와 함께 카나리아 제도에 머무르다. 베로니크에게 프랑수아즈의 자동차 애스턴(Aston) 수리를 부탁하다. (87페이지 편지 참조)
1956년 7월	『어떤 미소(Un certain sourire)』 출간.
1956년 10월	작곡가 미셸 마뉴(Michel Magne)와 페테르(Peter)와 함께 뉴욕 체류. (89, 93, 95페이지 편지 참조). 이후 키웨스트에서 머무르다. (97페이지 편지 참조).
1957년 4월	심각한 교통사고.

1957년 5월~8월	프랑수아즈, 뇌이유(Neuilly)의 마이요 (Maillot) 병원에 입원, 아편계 진통제 중독.(111, 113페이지 편지 참조).
1957년 6월	『한 달 후, 일 년 후(Dans un mois, dans un an)』 출간.
1957년 9월	프랑수아즈, 중독 치료를 위해 가르슈 병원에 입원(119페이지 편지 참조). 회 복을 위해 생트로페(Saint-Tropez)로 떠나다.
	베로니크 캉피옹의 할아버지의 장례 식.(123페이지 편지 참조)
1958년 3월	프랑수아즈, 기 슐러(Guy Schoeller) 와 결혼하다.
1960년 3월	프랑수아즈가 쓴 희곡 『스웨덴의 성 (Château en suède)』 공연.
1961년 6월	『신기한 구름(Les merveilleux nuages)』 출간.

167, BOULEVARD MALESHERBES
PARIS (17ᵉ)
Téléph· CARNOT 03·59

말레르브 가 167번지,
파리 17구,
Téleph. CARNOT 03.59

오전 9시 30분!

사랑하는 친구야,

지금 이 예쁜 종이에 너에게 보낼 편지를 쓰고 있어,
네가 그럴 자격이 있어서라기보다, 손에 잡히는 게
이것밖에 없거든! 펜은 형편없어. 네 편지는 내가
떠나기 전날 잘 도착했어. 암스트롱의 콘서트에 간
거 축하해. 나는 소르본 일을 얼른 처리할 거야. 조금
전에 드니즈 파스케의 편지를 받았는데(왜인지는
누가 알겠어!) 소르본에서 문학 예비교양과정을
공부할 거래. 아무튼. 목요일 건은 잘 알았어.
우리, 그러니까 우리 부모님, 줄리아● 그리고 나와

● Julia Lafon, 쿠아레(Quoirez) 가족의 집사.

함께하면 얼마나 즐거울지는 너도 알 거야. 저녁
식사 시간에 맞춰 와줘. 딱히 새로운 이야기는
없어, 나는 지극히 식물적인 상태로 열흘을
보냈거든. 『존재와 무』를 150페이지 읽었는데
정말 재미있지만(속물근성에서 하는 말은 아니야)
읽기는 힘들더라(과장하는 건 아니야).
빅 뉴스! 1925년쯤에 나온, 할머니의 오래된
레코드를 찾아냈어. 트럼펫 연주와 코러스가 들어
있는데, 루이 암스트롱의 연주가 분명해(루이스
스톤 오케스트라일까?). 목요일에 직접 판단해봐.
부모님께 나의 존경이 담긴 안부를 전해줘.

목요일에 보자
프랑수아즈

네 오빠의 결혼식이 잘 치러졌기를. 네가 너무 많이
취하지 않았기를. 신랑 신부에게 진심 어린 축하와
행복의 기원을 전해줄래?
프랑수아즈

네게 답장하는 나, 칭찬해줘. 난 어제저녁에야

도착했고, 그 전날은 벨락(Bellac)의 라퐁텐 침대에서 잤거든. 보기 드물게 역사적이면서 딱딱한 침대였어.

곳곳에서 '지지(Gigi)' 게임*을 하고 있네. 조만간 함께 그 게임 해볼래?

---

* 원래 이름은 '목이 긴 기린(Gigi longcou)', 같은 문양의 카드를 늘어놓아 가장 목이 긴 기린을 만든 사람이 이기는 보드게임.

사랑하는 베로니크

침울한 절망감 속에 이 편지를 쓰고 있어. 우리
가족이 언제 돌아올지 알 수 없고, 최대한 좋게 말해
불확실한데, 어쨌든 2일 이전에는 못 돌아오는 게
확실해. 따라서, 황홀하리라 예측되는 수도원으로
널 보러 가는 게, 매력적이리라 예측되는 너의
'테리블 프레르'*를 만나는 게, 번개처럼 빠르리라
예측되는 너의 늙은 말을 타는 게, 이미 끔찍하다는
걸 알고 있는 매력적인 베로니크를 만나는
게 불가능하다는 얘기지. 오슈*의 아일랜드

---

* terribles frères, '무서운 오빠들'이라는 뜻으로 당시 유행하던 '앙팡 테
리블'을 변용한 표현.

상륙작전이 실패한 후 나폴레옹이 말했듯, "내 후회는 무한하다." 사랑하는 베로니크, 진심으로 미안해, 물론 너도 내가 미안해한다는 걸 알고 있겠지만.

나폴레옹

파티 덕분에, 그리고 밤샘 덕분에, 나는 이곳에서 정신적인 무기력까지는 아니어도, 식물 상태에 빠졌어. 네가 나를 이 상태에서 생생하게 꺼내줄 수도 있었고, 더 심하게 만들 수도 있었을 그런 상태에. 잘은 모르겠지만, 하여튼 너의 행동이, 너의 유쾌한 영향력이 내게 큰 도움이 됐을 거야. 이런, 이런, 이런, 누군가 마리니(Marigny)에게 말했듯, 거기엔 의문의 여지가 없지. 만약 내가 올 거라고 알고 계신다면, 어머니에게 사과를 전해주렴. 우리 가족에 대한 설명을 들으신다면, 나에게 어떤 나쁜

---

* Louis Lazare Hoche(1768~1797) 프랑스 대혁명기의 군인. 1792년부터 시작된 프랑스 혁명전쟁에 종군했고 1796년 아일랜드 원정군 사령관으로 임명되어 브레스트 항을 출항했으나 폭풍우로 함대가 흩어져 원정은 실패로 끝났다.

의도도 없다는 걸 아실 거야. 어쨌든, 우리 셋은 곧

보겠지, 3일이나 4일에, 에드위지●가 떠나기 전에.

엊그제 팡팡(Pam Pam)에서 파스케(Pasquet)를

만났어.

그는 분명 6일까지는 파리에 있을 거야.

맹트농은 광란에 빠지겠구나.

사랑하는 베로니크, 곧 보자, 한 번 더 미안해.

François

프랑수아즈

파리로 내게 답장해줘, 고마워.

● 에드위지 랑그라스(Edwige Langrasse)는 베로니크와 마찬가지로
1951년 바칼로레아 재수 시절 맹트농 학원에서 만났다.

말레르브 가 167번지,
파리 17구,
Téleph. CARNOT 03.59

귀여운 내 친구야

난 멋진 타자기를 마련했고, 이게 얼마나 잘 쳐지는지
네게 자랑하고 싶은 갈망을 숨길 수가 없어.

여기서 멈출래, 손가락이 너무 아프거든, 그리고
짜증 나. 네 편지는 잘 받았어. 나는 원래 자선
바자에 가는 걸 좋아하는데, 네가 하는 바자라니
더더욱 기뻐, 나는 이런 종류의 행사를 좋아해.
내 도움이 필요하다면, 계산대를 봐줄 수도 있고,
조그만 원탁에서 요가 수행자 흉내를 낼 수도 있고,
하여튼 뭐든 할 수 있어. 내가 얼마나 헌신적인지
너도 알지?
에드위지 소식 들었어? 그 애가 시험에 떨어졌다니
정말 안됐어, 이제 그는 뭘 할 수 있을까? 말이
났으니 말인데, 나, 합격했어. 1일까지 뭔가 할 일을 계획해봐. 언제든 점심 먹으러 와. 이번 주에는 나 혼자 있어. 그래도 오기 전에 전화해, 내가 무척 바쁘거든. 나는 밤눈이 좋아지라고 날당근을 먹고(정말 효과 좋아) 틈틈이 요가를 해. 어쨌든 나도 뭔가 먹고 너와 함께 생활하면 기쁠 거야. 에드위지도 함께할 수 있다면 당연히 좋겠지.

곧 보자,

빨리 전화해.

Françoise

프랑수아즈

목요일

사랑하는 베로니크

곧바로 답장하는 거야. 어제 저녁을 먹으며 우리
모두(릴리안●과 폴●●, 마리●●●, 발로 형제(Ballot's
brother), 아빠) 너의 이야기를 했어. 모두 눈물을
쏟았지, 네가 없었으니까. 데포레(Defforey) 부부는
절망에 빠져 있어. 세비네(Sévigné)도.
여긴 모든 게 괜찮아, 거의 그렇다고 봐야겠지. 나는
요즘 열심히 글을 쓰고 있어. 내 장점에 어울리는
결과물이 나왔으면 좋겠어(호호).

───────────────

● 프랑수아즈 사강의 숙모.
●● 프랑수아즈 사강의 삼촌.
●●● 프랑수아즈 사강의 어머니.

나는 그들이 17일에 우리 집에 올 거라 예상하고
있어. 넌 샹탈*에게 답장했니? 답장해, 그게
예의잖아. 그리고 예의는…. 좋은 거고.
어제 내 운전면허증 때문에 아버지와 함께
경찰국에서 한 시간 있었어. 23일 10시에 시험을 볼
거야. 이 기회에 [...]** 네가 있으면 좋겠어.
네 부모님께서 너무 서운해하지 않을 거라 생각해.
결국 그건 어리석고 대수롭지 않은 실수에
불과하니까.
개인적으로, 나는 너의 어두운 알코올 성향을
공유하지 않지만, 널 탓하지는 않아.
얘, 곧 보자, 네게 무슨 문제가 있으면, 13일(?)에
우리 집에 자러 와.
빨리 그리고 길게 답장해줘.

프랑수아즈

추신. 네 부모님께 내 멋진 안부를 전해주렴.

---

* 샹탈 드 케르나바누아(Chantal de Kernavanois).
** 편지에서 이 부분은 해독 불가.

tout le famille
Quoy- Delprey te selue

쿠아레-데포 가족 모두 네게 인사를 전해

추신. 토요일.

조금 전에 자클린 오드리를 만났어.

자크와 쉬제트*랑 저녁을 먹고, 자클린과 나는

금요일 8시에 다시 만나기로 했어.

그때 오도록 해봐, 이 만남은 전적으로 확실해.

---

* 프랑수아즈 사강의 오빠와 언니.

Ma chère Véronique

사랑하는 나의 베로니크

엊그제, 병석에 누워 고통스러워하는 너를 보고
너무 슬펐어. 그 병이 끔찍한 고통을 주는 것 같더라.
치료 잘해. 세균이 널 집어삼키지 않도록. 집으로
돌아가 치료하길 잘했어. 이럴 땐 집만큼 좋은 곳이
없잖아.

빨리 답장해서 소식 전해줘. 네가 많이 아프다는
소식을 듣고 우리 가족도 안타까워하면서 너에게
깊은 우정을 전해달라고 부탁하는구나. 네게 집으로
돌아가 치료하라고 먼저 제안했어야 했는데. 넌
마리의 의학 지식으로는 나을 수 없었을 거야.
무엇보다, 마리는 끊임없이 책장 안에 널브러져

있는 개봉한 작은 약병들을 함부로 사용하려고
했었잖아, 세상에!
어제부터는 특별한 일은 없었어, 그렇게 생각해도
좋아.
어제 6시쯤, 완전히 힘이 빠져서 오드리●에게
전화했더니 미용학원의 칵테일파티에 나를
데려갔어. 어떤 벌거벗은 흑백 혼혈 여자가 화장수
가득한 수족관에 잠겨 있더라, 이상했어. 시장
축제 같기도 하고 뮤직홀 같기도 했거든. 어쨌든.
그건 나의 절망을 더 심화할 뿐이어서 오드리에게
말했지, 이유를 모르겠다고, 난 절망적이었거든.
오드리는 내게 예비교양과정에서 공부하고 사랑에
빠지라면서 그 모든 게 내 나이에 맞는 일이라고
하더라. 그의 상식은 정말이지 성가셔.
사실 우리는 타인에게서 더 많이 영향받아야
해. 그것이 비현실적이고 추상적이고 중요하지
않을지라도, 그들의 태도를 받아들이고, 진지하게
여기고, 적어도 스타일이 있다고 생각하면서.
여하튼 모든 게 웃겼어.

● 재클린 오드리(Jacqueline Audry). 프랑스의 영화 감독.

넌 북부에서 뭘 하고 있어? 세균과 싸우는 일 말고
말야. 뭐 재미있는 거라도 읽었어?『프누이아르
가족』이랑『카망베르(Camembert)』, 혹시
가능하다면『에제키엘은 눈을 뜨고 있다(Les yeux
d'Ezechiel sont ouverts)』*를 가져와줄래? 다시
읽어보고 싶은 책들이거든. 나의 절망 덕분에 내
소설을 쥘리아르(Julliard) 출판사에도 보냈어.**
갈리마르랑 잘되면 좋을 텐데.
넌 언제 다시 올 거야? 주말이면 다 나으려나?
오빠가 월요일이나 화요일에 북부에 갈 거고 그때도
네가 여전히 아프면 오빠가 너를 보러 갈 거야.
어쨌든 빨리 낫기를, 많이 보고 싶다.
A 덕분에 수중에 현금이 다시 들어왔어. 끔찍한
감정을 겪었는데 네게 얘기해줄게. 나의 평화로운
마음은 그 감정을 견디지 못할 거야.

네 오빠의 약혼녀는 대단히 착해 보였어, 대단히
웃긴 게 아니라 착했다고. 외모도 매력적이더라.

---

* 스페인 내전을 배경으로 한 레몽 아벨리오의 1947년 작 프랑스 소설.
** 프랑수아즈 사강의『슬픔이여 안녕』은 1954년 쥘리아르 출판사에서 출
간되었다.

그녀는 분명 맥주를 마시며 자라났을 거야, 안색이
건강해 보이더라고. 네 어머니는 정말 매력적이셔,
어머니에게 잘해드려, 그리고 내 존경 어린 애정을
전해줘.
내 귀여운 친구야, 내가 너한테 쓴 것만큼 길게,
너만의 커다란 초등학생 글씨로 빨리 답장해줘.

곧 보자,

키키

나의 귀여운 베로니크

널 안심시키려고 곧바로 이 편지를 보내는 거야,
넌 분명 주말을 망쳤다며 산더미 같은 걱정을
하고 있을 테니까. 그게 내 잘못인지 아닌지는 잘
모르겠어. 한 가지 말하고 싶은 건, 우리는 3년
동안 아주 좋은 친구였고 그 우정이 깨진다면, 그건
절대 내 잘못이 아니라는 거야. 우리에겐 어리석은
다툼으로부터 우리를 보호해주는 뭔가가 있어.
네가 네 가족과 우리 사이에서 난처함을 느꼈을
수도 있고, 그건 상당히 힘든 일이야. 하지만,
이 경우엔, 네 가족이 멋진 사람들이라(우리도
마찬가지고) 설명하기가 더 어렵지. 그게

플로랑스* 때문이라고 생각하고 싶진 않아. 그래서, 지루해진 네가 이번 주말에 어떤 자극적인 생각을 하게 됐고 내가 너를 실망시킨 거라고 생각해. 어떤 경우든 네게 용서를 빌어.

얘, 나에게 편지 써줘, 어리석은 문장이나 변명들로 고생하지 마. 무엇보다 사과하지 말고 네 입장을 설명해. 만일 설명할 게 없다면, 천만다행으로, 우리는 예전처럼 모든 것을 다시 시작할 거야. 스카치위스키 한잔으로 시작해 우리의 오래된, 내게는 소중한 우정을 축하하는 것으로 끝내자.

곧 보자.

프랑수아즈

프랑수아즈

● 플로랑스 말로(Florence Malraux).

[서명]

나의 베로니크

네 소식도, 다른 누구의 소식도 듣지 못하고 있어,
우편물이 이상하거든. 여기는 사람들이 너무나
당연하게 '잃어버렸어요'라고 말하는 지방이야.
달리 말하면 에스트렐*에 있는 것 같아
어떻게 지내고 있어? 많이 보고 싶어. 내가
여기서 보내는 바보스러우면서도 즐거운 생활이
너를 기쁘게 할지도 몰라. 필리프**는 나보다
훨씬 많이 마시고, 나보다 조금 더 먹고, 우리가

---

* Esterel, 프랑스 남부의 산지로, 자연 경관이 비현실적으로 아름답다.
•• Philippe Charpentier, 사진작가이자 사강의 연인.

빌린 플리머스*를 훨씬 더 빨리 몰고, 살짝
미치광이이면서도 다정해. 하여튼 필리프는 스물네
살이고 문학을 비웃지. 사강은 멀리 있어. 모든
게 다 괜찮아. 나는 건강도 잘 챙기고, 아침에는
수상스키를 타고(지금은 아주 잘 타), 삼나무
사진을 찍고, 오후에는 당나귀 사진을 찍고,
저녁에는 술에 취해 춤추고, 밤에는 방향감각을
상실한 젊은이들처럼 길거리를 누비고 다녀.
완벽해. 그래도 나를 잊지는 마. 이번 겨울은 나쁘지
않을 거야.

불쌍한 플로랑스에게 레코드 두 장 가져다줬니?
플로랑스를 보거든 나의 우정을 전해주렴. 나도
플로랑스에게 편지 쓸게. 미셸**은 어쩌지?
엉망진창이야! 나의 베로니크, 정말이야, 모험은
끝났어. 베이루트의 '세인트 조지 호텔'로 편지해줘,
항공우편으로. 일 너무 많이 하지 말고, 나는 샹탈의
만찬에 참석하러 26일쯤에 그곳에 도착할 거야.

---

* 1928년부터 2001년까지 크라이슬러와 다임러크라이슬러에서 제조했
던 자동차 브랜드.

** Michel Déon. (1919~2016, 프랑스 소설가, 극작가, 에세이스트. 사르
트르의 실존주의와 참여 문학에 반대하며 문학적 우파를 자처한 이른바
'경기병파'로 알려져 있다.

샹탈에게 '네'라고 대답해줘.

곧 보자.

프랑수아즈

SHEPHERD HOTEL

Mount of Olives Road

TELEPHONE 305

셰퍼드 호텔
올리브 산 도로
전화 305

JERUSALEM
JORDAN
예루살렘
요르단

나의 베로니크

모든 게 잘되고 있어. 나는 미친 듯 즐기고 있고,
곧, 그러니까 25일쯤 너를 만나기를 바라고 있어.
예루살렘과 동방의 묘사가 이어질 거야.
얘, 곧 보자, 사랑해.

키키

셰퍼드 호텔

Éblouie par es cartes,

FRANÇOISE SAGAN

lui prie de croire
à l'assurance de ses
sentiments les plus
distingués — ainsi
qu'à sa réelle et
inextinguible amitié!

귀하가 보내주신 카드에 경탄해 마지않으며,
이 각별한 경의와 억누를 수 없는 크나큰 우정을
받아주실 것을 청하는 바입니다.

Hotel Pierre
NEW YORK

피에르 호텔
뉴욕

나의 베로니크, 모든 게 너무 신나, 뉴욕은 정말정말
아름답고, 사람들은 얼굴이 아주 작고 친절해.
나는 말 잘 듣는 똑똑한 강아지처럼 살면서,
위스키의 힘과 성공을 동시에 음미하고 있지,
그래도 이 도시는 이상하리만치 아름다워. 너도
알게 되겠지만, 이건 미친 짓이야. 내가 행복한지
행복하지 않은지 말하기는 힘들어, 느낄 시간이
없으니까. 빈틈없이 짜놓은 스케줄대로 움직이고,
귀에서는 라디오 소리가 윙윙대고, 텔레비전은 믿기
힘들 정도의 바보 짓거리를 내보내고, 사람들은
느리고(정말 그래) 비인간적이야—터무니없이

용감하기도 하지. 나중에 이야기해줄게. 그래도
나는 여기 다시 올 거야, 정말이야.

뉴욕 시 이스트 61번가 2번지(21)로 길게 그리고
빨리 편지 써줘.
사랑해.

키키

Hotel Pierre

NEW YORK

피에르 호텔
뉴욕

달콤한 베로니크

파리는 지금 매우 이른 아침이겠지, 너를 깨우고
싶진 않아, 여긴 아주 늦은 밤이고 나는 무지하게
피곤해. 단지 난 너를 최고의 친구로 생각하고
있다고, 무슨 일이 일어나더라도—네 인생에서
그리고 내 인생에서—너는 나를 믿을 수 있다고,
그리고 그 반대도 마찬가지라고 말하고 싶었어.

다른 사람들은 어떻게 지내니?

수요일에 보자.

Françoise

프랑수아즈

키웨스터 호텔 리조트
루스벨트 대로 · 바다 위 · 키웨스트, 플로리다

CHARLES HELBERG
PRESIDENT

회장
찰스 헬버그

Chère Véronique,

사랑하는 베로니크

편지 받고 정말 기뻤어.

하지만! 첫째, 너무 짧아. 그리고 편지 하나는 너무
진지해. 네가 가족과 열흘을 보냈단 건 잘 알겠어.
낮에는 말 잘 듣는 똑똑한 강아지 흉내를 내고
밤에는 할렘에서(잠 안 자고 72시간 동안) 광대
노릇을 하며 '멘붕' 직전까지 갔던 뉴욕에서의
열흘이 지났고, 콜레트 하이만*과 브뤼노**, 나는
기쁜 마음으로 플로리다에 도착했어. 플로리다는

---

* Colette Hymans, 〈엘르〉 기자.

** 브뤼노 모렐(Bruno Morel). 사강의 어린 시절 친구.

분홍 새우 색깔 자동차며 상어, 냉장고, 그리고
모든 게 있는 진짜 미국 영화를 찍는 것 같아.
간단히 말하자면, 나는 일광욕을 하고 있어. 나중에
너랑 같이 이곳에 와야 할 것 같아. 나는 1일에
파크 애비뉴 34번가의 뉴욕 밴더빌트 호텔로
돌아가. 그쪽으로 편지해. 내가 너한테 필명을
하나 만들어주려는데, 내가 지금까지 본 성(姓)은
하나같이 애매하기 짝이 없지 뭐야. 내가 할 수
있는 건, 네 부모님을 스위스나 이누이트 사람으로
만들고, 듀튼*이 네가 쓴 글에 돈을 지불하게 하는
거야. 그건 정말 쉬운 일이야, 나는 미국에서
베스트셀러 2위, 뉴욕에서는 1위를 달리고
있고(후후) 달러 돈방석 위를 뒹굴고 있거든.
월도프**에 살면서 내가 지명하는 남자친구들을
만나며 자유롭게 지내는 건 네게도 엄청나게 재미난
일이 될 거야. 나중에 다시 얘기하자.

---

* Dutton, 사강 작품을 출간하는 미국의 출판사.

** 맨해튼에 위치한 최고급 호텔로, 당시에는 세계 최대의 호텔이었다.

플로랑스에게 전화해, 기뻐할 거야.

사랑해, 곧 보자
캥페르(Quimper)에서의 따뜻한 키스. 편지해.

사랑하는 베로니크, 정말 멋진 여행이었어.
우리는 잘 지내고, 열정적이며 컨디션도 좋아.
플로리다에서 키스를 보내며.
-쉬잔•

열대의 열정적인 입맞춤을 보낸다.
-브뤼노

• Susan. 프랑수아즈 사강의 언니.

Key West, Florida

키웨스트, 플로리다

베로니크, 이 멋진 새들 어떻게 생각해?

해수욕장은 너무 좋아, 너도 여기 꼭 와봐야 해.

연극 공연이 시작되고 다음에 올 때는 널 꼭 데려올
거야.

영화감독 오토 프레민저가 영화와 연극을 연출해.

이 멋진 새들에 관해 써볼까? 그래, 새들이 나를
방해해.

네가 많이 보고 싶다. 브뤼노, 쉬즈, 나, 우리 모두 네
얘기를 자주 해. 이곳에서 함께 웃을 수도 있었는데,
미치겠다.

돌아가면 우리 열심히 토론하자, 미국과 우리에
대해서. 왜냐하면 내가 너를 잃고 있는 것처럼,
우리가 서로를 이해하는 데 구멍이 있는 것처럼
느껴질 때가 있거든.

그건 아마 내 잘못일 테고, 그래서 신경 쓰여.

나와 함께 프랑스 남부에서 열흘 보낼 수 있게
일정을 조정해줄래?

나는 1월 초에 거기 있을 거야.

내일은 뉴욕, 뉴욕 시 파크 애비뉴 34번가 밴더빌트

호텔에서 다시 집결할 거야.

그쪽으로 편지하고, 날 잊지 마.

곧 보자.

Fais - moi
Français.

HIGHWAY 91 • LAS VEGAS, NEVADA • TELEPHONE 7100

더 샌즈

하이웨이 91 · 라스베이거스, 네바다 · 전화 7100

나의 베로니크, 도박의 도시 라스베이거스에서
네게 편지를 써. 룰렛 게임과 주사위 게임을 잠시
멈추고 휴식하는 동안 이 세련된 호텔의 황홀한
수영장에서 햇볕을 쬐었어. 브뤼노는 세계에서 가장
높은 댐에 갔는데, 그가 오는 대로 펜을 넘길게. 너도
이 도시를 좋아할 거야, 이곳에서는 그저 게임하고
카우보이처럼 차려입는 게 다야. 6월에 우리 함께
프랑스 남부를 돌기로 한 거 잊지 마.
가능하다면 10일쯤 도착할 거야. 뉴욕의 피에르
호텔로 편지해. 네가 몹시 그립다.

네가 이곳에서 재미난 여행을 하도록 내가 도울게,
날 믿어.
프랑수아즈.

추신.
말론 브랜도를 봤어, 푸른 눈에 대단히 영민한
사람이야.

기분 좋은 키스를 보내. 네가 없어 아쉽다.
브뤼노

태양 속 호텔

사랑하는 베리녹

날씨는 너무 좋고, 난 열사병으로 고생하고 있고,
정신적으로나 육체적으로나 잘 지내고 있다고 말하려고
짧게 써. 해변에서 침실로, 침실에서 해변으로 다니면서
사회학적 측면에서나 이국적 측면에서 아프리카의
매혹적인 면을 발견했는지는 아직 잘 모르겠어. 등에
갓난아이를 업은 뚱뚱한 흑인 여성들이 해변에서 나에게
반말하며 코코넛을 건넸어. 코코넛은 사양했어, 나 역시
반말을 하면서 말야, 나는 코코넛을 좋아하지 않거든.
넌? 나중에 말해줘.
내가 돌아가자마자 넌, 여행의 순간들을 생생하고
기록적으로 만드는 나만의 보도 감각을 알아볼 수 있을

거야. 어리석은 짓은 하지 마. 네가 인생에 만족했으면

좋겠어. 이곳, 아프리카의 광활한 하늘 아래에서는,

정말이지 모든 사소한 문제들이 너무나 미미해

보이거든….

내가 돌아가면 이 모든 것에 대해 다시 얘기하자.

파리에서 이 편지에 대해서는 언급하지 말아줘.

아무에게도 편지를 쓰지 않았거든. 사람들은 너무

질투심이 많아. 어쨌든.

다카르에는 헤이그*가 있지만, 볼링**은 없어. 그

대신 바다가 있지, 하지만 레스키나드***는 없어.

결론은? 난 25일 아침에 돌아가. 사랑해, 오랜 친구,

쇼크(Chocques)에서 너에게 전화할게.

아프리카인 플릭.

---

* Haig's. 딤플 위스키의 시초.

** Bowling. 버번위스키의 일종.

*** L'esquinade. 프랑스 남부 칸 서남쪽에 있는 해변.

사랑하는 베로니크

네게 편지를 쓰기 위해 내게 얼마나 큰 용기가
필요한지 너는 모를 거야. 끔찍하게 덥고, 나는 지금
피부가 빨갛게 벗어진 왼팔을 테이블 위에 꾹 눌러
내 몸을 지탱하고 있거든. 아, 우정이란 때로 그
추종자에게 혹독한 것이로구나.
넌 언제 올 거야? 시험은 어떻게 되고 있어? 결과
알게 되는 즉시 내게 전화해. 나의 귀여운 베로니크,
네가 꼭 와야 해, 네가 오지 않으면 난 심심해
죽을 거야. 넌 열심히 했어, 그러니 혹여라도 정말
운이 나빠 시험을 망쳤다 해도 네 부모님은 너를
혼낼 게 아니라 위로해야 해. 부모님께서 이해 못

하신다면 난 〈피가로〉에 이 일에 관한 글을 기고할
거야. 앞으로 이런 일이 일어나지 않는다면 정말
다행이겠지.

여행은 잘 다녀왔어. 보노(Bonneau)는 여전히
임신 중이야. 날씨는 좋고, 나는 해수욕하고,
일광욕하고, 발로(Ballot's) 형제들을 피해서
도망 다니고, 책 읽고, 그리고 아무것도 안 해.
말이 나왔으니 말인데, 드디어 『경솔한 양치기
처녀(Bergère légère)』를 다 읽었어. 아주 좋았어.
즉시 『카프리, 작은 섬(Capri, petite île)』을
주문했어. 나는 막대한 돈을 뿌리고 있는데, 이
문제에서 나를 도와주기 위해 네가 올 때가 된 것
같아. 우리 엄마는 오토바이를 한 대 가지고 있는데
이상하게 움직이지 않고 정지해 있는 현상을
보이며—클러치에 대한 그녀 나름의 개념이
있어서—그냥 오토바이 위에 앉아 있어. 이제
줄리아에게 가르쳐주는 수밖에. 오토바이 뒤를 따라
달려가면서 쿵쿵거리는 심장을 부여잡고 고아가
될지 모른다는 공포심을 느끼며 "클러치, 핸들,
클러치!" 하고 소리치는 건 정말이지 진 빠지는
일이야.

하여튼 내 노력이 결실을 거둬서 이제 남은 일은
보행자들의 몫이야. (프랑수아즈 사강의 오리지널
석판화를 보면 우리 엄마를 알아볼 수 있을 거야.)

그거 말고는, 모든 게 괜찮아. 친구들 소식 들었어?
말로의 병원균은 어떻게 됐는지 알고 있니? 오늘
말로에게 편지를 써야겠다.
내 사랑하는 토토, 이제 널 기다리는 일만 남았어, 네
편지를 필두로 해서 말이지.
날씨는 화창하고 우리는 작은 바닷가재를 먹고,
그레이엄*은 망아지처럼 걸어가고, 나는 네가 많이
보고 싶어.

*A dieu toh
Tanwih.*

곧 보자.
프랑수아즈.

---

* Graham, 그레이엄 형제가 1927년에 설립한 자동차 회사 그레이엄 페이
지(Graham-Paige)에서 생산한 자동차, 1940년에 자동차 생산을 중단했
고, 1962년에 완전히 폐업했다.

추신 : 편지 받는 즉시 답장해 안 그러면 나도 이제
아무 답장도 안 할 거야.

나의 사랑하는 베리녹

비가 오네, 애처로워. 조금은 우울한 너의 편지를
방금 받았어. 하지만 그건 시험 전에 누구나 느끼는
환멸의 감정에 네가 휘둘린 거고, 별것 아니라고
생각해. 중요한 건 건강이야!
가끔 부는 폭풍우를 제외하면 여긴 모든 게 괜찮아.
기*가 아니발**을 내쫓았어.
갈 형제***, 소피****, 그, 그리고 나는 평온하고

● Guy Schoeller. 기 슐러.

●● Annabel Buffet. 아나벨 뷔페.

●●● Jacques et Francois Gall. 자크 갈과 프랑수아 갈.

●●●● Sophie Litvak. 소피 리트바크(소피 스퇴르).

유쾌한 생활을 하고 있어. 하지만 수요일에
샤조(Chazot)와 파올라(Paola)가 도착하고
목요일에는 자크와 장 폴이 와! 세 사람 사이를
돌아다니는 게 귀찮아서 파리로 돌아가지 않았는데,
그들이 여기로 오는구나.
불쌍한 사강…. 우는 일보다 웃는 일이 많은 넌, 언제
올 거니? 네가 여기 있으면 정말 좋겠어, 멋진 집,
테라스에서 우리는 벌거벗고 햇볕을 쬐거든.
미래를 걱정하지 마, 사랑하는 플록, 미래는 신화야.

내게 편지 쓰고 여기로 와.

Chèr Véronique

사랑하는 베로니크

이렇게 빨리 답장해줘서 고마워. 여긴 모든 게 좋아.
샤를리 모렐(Charlie Morel)이 우리와 함께 칸까지
왔어. 축제를 벌이는 사람이 넷이 됐다는 얘기지.
다섯 번째 인물이 도착했는데, 호텔 복도에서
이상한 소란이 벌어졌지. 하지만 어쨌든 꽤 신나는
일이었어. 특히 바에서. 바캉스에 대해서는 네
상상에 맡길게, 나를 위해 기도해줘. 우리는
화요일에 엑스레뱅(Aix-les-Bains)을 거쳐
몽메나르(Mont-Menard)에 있는 몽메나르 호텔로
출발해. 그곳에서 일주일 꽉 채워 머물 생각을 하고
있어.

우리 어머니가 네게 맛있는 점심을 차려주셨기를.
그리고 자필 원고에 미리 감사할게. 우울해하지
마, 그럴만한 심각한 이유가 하나도 없잖아. 예를
들어 보노(Bonneau)를 생각하거나 아니면
부사르(Boussard) 같은 여자애들을 생각해봐.
물론, 비교한다고 해결되는 건 하나도 없지만
언젠가는 너 스스로 무언가를 이룰 거라고 나는
확신해.
"조숙함은 바람직하지 않으며 성급함은 지성에
이르는 탁월한 상태다."(프랑수아즈 사강), 하하.
사람들이 행하는 악행에 관한 와일드의 명언을
떠올릴 수가 없네. 반대로, 너무나 매력적인
〈서푼짜리 오페라〉의 짧은 곡 하나를 배웠어.
뭐냐면, 너도 분명 알고 있겠지만….

"더 낫구나
훨씬
그 마음을 강요하지 마…."

대단히 유쾌한 곡조에 맞춰서.
넌 〈고독(Solitude)〉 어떻게 생각해? 마리에게 신경 써줘, 고마워.

우리 할머니는 어떠서? 우리 가족, 신성한 가족을

만나러 돌아가야겠어.

얘, 곧 보자, 몽메나르로 답장해줘, 최대한 빨리.

A가 신경 쓰니 이 편지 아무 데나 돌아다니게

하지 마.

나의 귀여운 베로니크

네 편지는 눈물 나게 감동적이었어.
"너무나 매력적이고, 나와 내 가족을 많이 웃게
했고, 극도의 권태로부터 나를 구해준 베로니크가
정작 자기 자신이 가증스럽다고 생각하고 있었구나.
가엾어라. 그렇게 믿게 내버려둔 내가 얼마나
역겨웠을까" 하고 나는 생각했어.
간단히 말해, 이번에는 내게 후회가 찾아왔어.
이 문제에 관해서 내게 편지해줘. 농담 아니야,
넌 '완벽'했어. 네가 없는 오스고르(Hossegor)는
을씨년스럽지만 생장드뤼즈(Saint-Jean-de-
Luz)로 가는 몇몇 코스나 바닷물에 젖은 채 뜨거운

모래 위에서 즐긴 낮잠은 잊지 못할 거야.
우리 아버지는 내가 파리에서 보낸 이틀 동안
컨디션이 정말 좋았어. 그래서 나는 8월 5일에
말레르브 가로 가서 신고식 전까지 머무를 거야.
돌아오자마자 재규어를 한 대 사서 8월 15일에
너를 보러 갈게. 형부랑 언니는 괜찮다는데 자크는
일요일과 월요일만 가능하대.

(서명)

키키

파리에서 정말 소란스러운 사흘을 보냈어,
나중에 네게 자세히 얘기해줄게. 여기(카자르크
Cajarc)는 해가 쨍쨍하거나 비가 억수로 퍼붓거나
해. 그레이엄이 굴러간다면 목요일에 그레이엄을
타고 다시 떠날 거야. 길에서 난처한 일이 있었거든.
파리에서 전화할게. 그때까지 말레르브 가로
편지해줘. 지극히 소심한 나의 사랑하는 베로니크,
곧 보자, 내게 편지해. 키키.
〈마치(Match)〉 최신호 읽었니? 그 '작고 마른
애'라는 표현 때문에 끔찍하게 자존심 상했어.

추신 : 네 부모님께 존경과 우정을 전해주렴. 성에서
네가 우리 어머니에게 보낸 편지 칭찬해!

Chèr Véronique,

사랑하는 베로니크

네 전화 받고 너무 기뻤어.

생각해봐, 새벽 다섯 시 반에 까치발로 집에

들어오는데 전화벨이 울리는 거야. 전화기가 내

방에 있으니까 아버지가 내 방에 와서 옷을 다

입고 있는 나를 보고는 호통을 치겠거니 생각했어.

그래서 외투까지 입은 채로 침대로 후다닥 몸을

던지고는 이불을 코까지 끌어 올렸지. 그리고

아버지와 대화한 후에 너랑 통화한 다음 깔깔 웃으며

일어나서 옷을 벗고 다시 침대에 누웠지. 너는 언제

돌아와? 이곳에서는 감정적으로는 대단하지 않지만

일 차원에서는 주목할 만한 일들이 있었어. 나는

타자기로 112페이지째 작업하고 있고, 50페이지는
더 써야 끝날 것 같아.

저명한 문학비평가 클로드 로이(Claude Roy)가
그 글을 읽고 정말 훌륭하다고 내게 말해줬어.

간단히 말하면, 나는 무척 기쁘고 오로지 기쁘기만
해. 한가지 골치 아픈 건, 기(슐러)가 뤽(주인공)과
닮았다는 거야. 너도 알겠지만, 인생은 픽션을
능가하는 법이니까 모든 게 유쾌하게 섞이면 좋겠어.

네가 어디 있는지, 뭘 하는지 신께서 아시려나? 설마
임신한 건 아니겠지?

만약 그렇다면 빨리 돌아와, 내가 널 돌봐줄게.

그렇지 않더라도 빨리 돌아와. 네가 없으니 지루하단
말이야, 얘, 미치겠어.

네가 나를 보면 아마 변했다고, 아주 많이
이상해졌다고 생각할 거야. 소설이 나를 정화했어.
어쨌거나 돌아와, 그리고 서둘러, 농담은 충분히
했잖아!

콘스탄티노플 거리 만세(네가 돌아온 후 힘든
며칠을 보낼 수 있게 도와줄게).

키키 프랑수아즈.

사랑하는 베로니크

편지 고마워, 감동했어. 걱정하지 마, 나는 사람들이
말하는 것처럼 불행하지 않으니까. 단지 그들은 몇
가지 측면에서 자기에게서 멀어지는 이에 대해 그런
식으로 말할 뿐이야, 자기 자신의 실망보다 타인의
불행을 원하면서 말이야. 나는 조금도 불행하지 않아,
그리고 너와 함께 있을 때 보이는 나의 타고난 명랑함은
끔찍한 노력의 대가가 아니야. 내가 기쁜 마음으로
네게 전보로 알렸듯, 여기서는 엄청나게 따분하지만
말야. 미리 알아차렸어야 했는데. 아나벨은 세
사람과 두 병의 술과 함께 있으면 매력적이야. 하지만
이곳에서 완전히 단둘이 있는 건 정말 견디기 힘들어.

다행히도 마그뉘스(Magnus)라는 쉰 살 먹은 매력적인
동성애자가 있어. 무지 웃기고 똑똑한 사람인데
아나벨이 그와 이야기를 못 하게 해. 모든 것에 관해
아나벨만큼 시시콜콜 아는 사람이 또 있을까. 매일 아침
식사 때면 아나벨은 어떤 배우의 소소한 인생 이야기며
자신에게 음치라고 말했다는 이름 모르는 이에게 응수한
이야기 등을 늘어놓지. 나는 말 그대로 넌덜머리가 나,
나 자신도 놀랄 정도야. 하지만 아나벨 스스로 말하듯,
"이건 우리끼리만 하는 첫 여행이야. 사실 우리는
깊은 대화를 나눠본 적이 없어. 생트로페에서조차,
아스트뤽이 있었으니까." 아스트뤽 만세!
요약하자면, 나는 죽을 만큼 지겨워. 작업을 하기 힘들
정도로. 이 빌어먹을 소설의 15페이지를 다 썼음에도.
나의 유일한 위안은 바로 너 그리고 내가 곧 가지게 될
애스턴*이야. 밀리 만세! 날씨는 좋아, 주목. 그래서
우리는 마그뉘스와 모래언덕에서 나체로 돌아다닐
거야. 아나벨과 마그뉘스가 벌거벗고 있는 모래언덕
옆의 모래언덕에 내가 벌거벗고 있는 게 짜증스럽지만,
어쩔 수 없어. 이건 정말 부조리해. 내가 여기서 뭘

---

* Aston, 영국의 유명한 스포츠카 애스턴 마틴을 말함.

하고 있나 하는 생각이 들어. 그래, 나는 루소를 읽는데 무척, 무척 재미있어. 그가 얼마나 위선적인지 이해하게 되는 순간이 있는데, 그럴 때면 포복절도하게 돼. 하지만 루소를 읽으러 카나리아 제도에 가다니, 하고 넌 말하겠지…. 크노*의 병사가 말하듯 멍청하게 굴지 말아야 해. 우리는 18일에 돌아가. 다행히 16일에는 내 영사가 나를 기다리는 마드리드에 있을 거야. 그쪽으로 편지해줘. 페닉스 호텔(Hotel Fenix), 그렇게 쓰면 충분할 거야. 사랑해, 플릭.

---

* Queneau, 언어유희와 블랙 유머를 담은 실험소설을 쓴 프랑스 작가 레몽 크노.

사랑하는 플록

카나리아 제도는 분명 섬이고 다른 곳보다 약간 덜 추워.
우리는 정말 많은 모험을 했는데 그 내용에 대해서는
이본(Yvonne)에게 물어보면 될 거야. 하여튼 이 여행이
순조롭게 진행되는 데 플릭의 지식과 플록의 계획성이
크게 기여하지 못했다는 점은 알아줬으면 해. 우리는
아주 기쁘면서도 아홉 달 동안 우리 사이에 귀여운
플록의 뭔가가 없으리라는 사실을 알고 실망하기도 해.
이럴 수가! 누군가의 말처럼 나는 스캔들을 뿌리고 다녀.
넌 뭘 하고 지내니? 부디 애스턴 자동차를 잘 돌봐주렴.
어리석은 짓은 하지 마. 우리는 스카치라는 단어의 뜻도
모르는 거야. 여기는 아무것도 없어!

두 명의 호모, 우리의 남자들(니코와 모리스를 말하는

거야)이 충실하다는 거, 넌 아니? 우리는 대단히 현명해.

플로랑스에게는 뭐라고 말했어?

밀리는 어떻게 지내? 그리고 브륄레(Brulé)는?

빨리 편지해줘. 우리 모두 널 사랑해.

Tamarte.

키키

추신. 우리 모두 널 무지 보고 싶어해.

*Ne bois pa pas, ne sois pa
triste, ne travaille pas Top -
Va voir le Docteur Fage.
Annabel
l'un n'empêche pas l'autre   Et joye. F.*

슬퍼하지 마, 너무 일하지 마, 파지 박사를 보러 가.
아나벨
한 명이 다른 한 명을 방해하지 않음. F.

Hotel Pierre
NEW YORK 21, N.Y.

피에르 호텔

뉴욕21 뉴욕 주

Chere Plock

사랑하는 플록

시험은 어떻게 되어가고 있어? 내게 편지해줘.

나는 프랑스 문학에 열광하는 젊은 미국인이야!

젊은 프랑스 작가 사강, 매그뉴(Me-gneu)*라는

이름의, 독특한 음악가와 함께 뉴욕에 도착하다!

그의 말에 따르면 영어라곤 '한마디도' 못 하는지라,

그는 어떤 부인에게 끔찍한 광경을 연출했어.**

쓰레기통을 우편함으로 착각한 마뉴가 편지를

집어넣은 후에 그 부인이 바나나 껍질을 버린 거야.

---

* 미셸 마뉴의 성을 미국 사람들이 잘못 발음한 것.

** 여기까지 영어로 작성되어 있음.

그러고는 엘리베이터 보이에게 손가락을 동원해서
자기 방 호수인 2008을 표현했지만, 도무지 말이
안 통하자 무턱대고 맨 꼭대기 층으로 올라가서
27개 층을 계단으로 걸어 내려왔어, 미국에서는
아주 드문 일이지. 그는 진이 다 빠지고 무서워했어.
너도 알겠지만* 미스 사강은 대단히 바쁘고 치아에
문제가 좀 있어, 이 하나가 그렇다는 거야. 다행히
테네시 윌리엄스가 여기 있고, 어떤 장소를
사랑하게 만드는 건 바로 사람들이지. 뉴욕은
대단히 덥고 습해. 불쌍한 플릭은 사진 찍히고
인터뷰하고 심지어 온종일 영화 촬영을 하기도 해.
미국 언론은 그녀의 애정 생활에 열광하지. 그녀는
자신이 약간의 경험이 있다고 털어놓았고, 그러자
그들은 꿀에 몰려드는 파리 떼처럼 달려들었지.
누구를 사랑하나요, 남자친구가 있나요, 나이가 더
많은가요, 기타 등등.
불쌍한 플릭.
사랑하는 플록, 빨리 편지해줘.
우리 함께 여기 와야겠어, 재미있을 거야.

---

* 여기서부터 편지의 끝까지 영어로 작성되어 있음.

빨리 편지해, 나는 여기서 지겨워 죽을지도 몰라!

사랑해.

plick

플릭

Via WESTERN UNION

웨스턴유니언전보

PSW664 WU AR NEW YORK NY 16 22 759P

: BIEN ARRIVEE ENVOIE NOUVELLES

A PLIC AFFECTIONS PLIC +

잘 도착했음
플릭에게 소식 전해줘
애정을 담아 플릭

VERONIQUE CAMPION

7, RUE DE CONSTANTINOPLE PARIS 17 =

파리 17구 콘스탄티노플 거리 7번지
베로티크 캉피옹 앞

118

LE PORT EST GRATUIT Le facteur doit délivrer un récépissé à souche lorsqu'il est chargé de recouvrer une taxe

TÉLÉGRAMME : Via WESTERN UNION

**LOWER MANHATTAN SKYLINE SHOWING
BROOKLYN BRIDGE
New York City**

브루클린 브리지가 보이는
로워맨해튼 스카이라인
뉴욕 시

Bons bézés
de
Quimper -
Francoise : x
Michael

캥페르의 기분 좋은 키스
프랑수아즈 : x
미카엘

사랑하는 베로니크, 어쩌면 이 편지가 도착하기
전에 내가 그곳에 도착할지도 몰라, 그렇더라도
편지를 보내는 건 좋은 생각 같아. 나는 문자 그대로
햇볕에 그을고 초췌한 모습으로 마뉴(Magne)와
페테르(Peter)와 함께 키웨스트에 있어. 넌 그들을
모르겠지만 곧 알게 될 거야, 12월 15일에 파리에
가니까. 나는 수요일 아침에 돌아가, 그러니 아무 걱정
하지 마. 넌 시험에 합격할 거야. 그리고 네 우울한
감정은 내가 없애줄게. 이제 아나벨의 삶을 너의 삶과
비교해서 내게 이야기하지 마, 너무 우스워.
나는 여행에 어울리도록 만들어진 사람이 아니야, 한

번 더 그 사실을 확인해. 여긴 괜찮아, 무엇보다 페테르 때문에, 하지만 처음에는…. 어휴. 그래서 이제 더는 여행을 안 할 거야, 플록과 함께하는 여행 빼고는, 왜냐하면 그건 여행이 아니라 우리 각자 알고 있듯이 짓궂은 장난의 연속일 테니.

나의 베로니크, 무지무지 사랑해, 나는 곧 돌아가, 사랑해.

                              프랑수아즈 플릭 사강.

나의 다음 책에는 프랑수아즈 P. 사강이라고 쓰고 말

테야, 두고 봐.

사람들은 내가 비밀 결혼을 했다고 여길 거고, 그 상대가

'플릭'이라고 믿겠지, 후후후, 그렇게 할 거야!

너나 부지런한 친구들 중 시골에 별장 예약해둔 사람

있어?

터무니없지만 난 너희 모두를 사랑해. 그리고 널 제일

사랑하지, 나의 착하고 다정하고 대단한 오랜 친구 플록.

돌아가게 되어서 기뻐. 물론 페테르⋯. 너도 페테르가

마음에 들 거야.

추신. 이제 술 안 마셔.

마뉴가 네게 우아한 안부를 전해달래.

그가 창꼬치 한 마리를 낚았는데, 수탉처럼 붉은 데다

얼이 빠져 있었고, 나는 그 물고기가 죽을까 봐 겁이

났어. 흔히 말하듯, 열대지방은 리지외*와 다르네.

낚시한 물고기들을 바라보면서, 오늘 오후에, 나는 나의

좌우명을 찾았어.

"죽든가 달아나든가."

플릭

---

* Lisieux, 프랑스 북부 노르망디의 지방. 카르멜회 수녀이자 사후에 성녀
로 추대된 테레즈가 살았던 곳으로, 루르드 다음으로 널리 찾는 성지순례지.

ELLIOTT B. MACRAE, President
JOHN P. EDMONDSON, Executive Vice-President
JOHN J. HOLWELL, Secretary-Treasurer

HARRY L. SHAW, Vice-President
WILLIAM E. LARNED, Vice-President

사장 엘리어트 B. 맥레
부사장 존 P. 에드몬슨
재무 책임자 존 J. 홀웰

부사장 해리 L. 쇼
부사장 윌리엄 E. 란드

E.P.Dutton & Co.,Inc.

300 FOURTH AVE., NEW YORK 10, N.Y.

ORchard 4-5900
CABLE ADDRESS: "YARDFAR", N.Y.

E. P. 듀튼 출판사
300, 4번 가, 뉴욕 10, 뉴욕 주

1956년 10월 30일

친애하는 프랑수아즈

당신이 보낸 전보는 어젯밤 내가 집으로 돌아간 후
도착했어요.—오늘 아침에 당신의 계좌로 500달러가
이체되었으니, 이 글을 받기 전 송금받았을 겁니다.
당신이 안전하게 키웨스트에 도착했다니 기쁘군요.
당신이 다시 건강해지면 좋겠어요. 난 토요일과
일요일에는 몸이 좋지 않았지만, 지금은 모든 게
완벽해졌고, 마음도 편안해졌어요. 사실 노래도 조금
부르고 있어요. 멀리서, 지옥에서, 아니면 절망한
남자에게서, 밤에, 거리를 홀로 걸을 때 등등, 등등, 그럴 때 나오는 노래죠.* 그토록 좋아하고 소중하게 여기는 노래를 들은 지 너무 오래되었네요. 즐겁게 좋은 시간 보내고, 불편한 점 있으면 알려줘요.

Yours,

사랑을 담아
엘리어트

OVER 100 YEARS OF CREATIVE PUBLISHING

100년 전통의 출판사

---

* 영어로 쓰인 이 편지에서 이 한 문장만 프랑스어로 쓰임.

RANCHO TELVA, TAXCO, MEXICO

ON THE SUNNY SLOPES OF THE VILLAGE

란초 텔바, 텍스코, 멕시코
햇볕 잘 드는 언덕

사랑하는 베로니크

샤를 말마따나 넌 어떻게 지내?

나는 지금 무시무시한 멕시코의 마을에서 네게

편지를 쓰고 있어. 내일은 멕시코시티를 거쳐

뉴욕으로, 그런 다음 네가 나를 열렬히 맞아줄

파리로 가. 피에르 호텔로 내게 편지 보냈어? 넌

뭐 하고 지내? 나는 돌아가고 싶어 미치겠어.

외국이 나를 기진맥진하게 만들기 시작했어. 파리

만세, 승리의 여신 베로니크, 민첩한 자크, 끔찍한

베르나르! 넌 누구와 함께 있어? 아님 그냥 조용히

공부하고 있어? 두 번째 답을 고를래. 해수욕하러

남부로 떠나자, 모든 게 잘될 거야. 난 일사병에

걸렸고 멕시코 이질도 걸렸어, 처참한 디테일이지.

플로랑스는 잘 지내고, 네게 키스를 보낸대.

나의 베로니크, 기다려, 9일에 그곳에 갈 거야,

얌전히 있어.

키키

Cher *enfant*

사랑하는 꼬마

방금 네 편지 받았어.

네가 실망하지 않았으면 해서 이 편지를 써.

나는 목요일 12시 45분에 유럽문화협회 회의에

초대받았어. 넌 어찌 생각할지 모르겠지만 굉장히

재미있는 일이야. 바로*와 사르트르** 같은 사람들이

올 거야….

그래.

---

* Jean-Louis Barrault. 프랑스의 배우이자 감독.

** Jean-Paul Sartre. 실존주의와 마르크스주의 철학의 중요 인물이자 20
세기 프랑스의 유명한 철학자이자 작가, 정치활동가.

네가 조금 늦게 점심을 먹어도 된다면 2시쯤에 나와 함께 식사하러 갈래? 아무 레스토랑이나 좋아. 내가 말한 회의는 벨샤스(Bellechasse) 가 13번지에서 열려. 그렇게 오래 걸리지는 않을 거야, 생트뵈브상 시상만 하면 되니까. 그러니 네가 2시쯤에 벨샤스 가 18번지에 있으면 내가 합류할게. 2시 15분이나 2시 반에 식사하자. 혹시 회의에 식사가 포함되어 있다면 내가 배가 안 고플 수도 있겠지만, 회비가 150프랑인 걸로 보아 아마 식사는 없을 거야. 네 일정과 맞지 않다면 내게 전화나 다른 방법으로 알려줘. 대충 3시까지 거기서 널 기다릴게.

목요일에 보자.

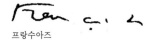

프랑수아즈

Chèn   Veronique,

사랑하는 베로니크

내가 (한편으로는) 나의 천재성을 너에게 보여줄
긴 철학 편지들 가운데 하나를 너에게 보내려고
준비하고 있을 때 전화벨이 울리네. 언제나
친절하고 이해심 많은 데옹 미셸*이 산책이나
하자고 전화한 거야. 그가 곧 도착할 거라 이 편지는
내일 부칠게. 산책하고 나서는 폴 모랑**의
칵테일파티가 있으니 아마 이 편지는 취한

---

* Michel Déon. 프랑스의 소설가이자 에세이스트. 사강과 동시대에 활동
했으며 훗날 아카데미 프랑세즈 회원이 되었다.

** Paul Morand. 사강보다 쉰 살 가까이 나이가 많았던 프랑스의 작가이
자 외교관.

상태에서 끝맺게 되겠지. 그래서 난 지금 이 순간 네가 많이 보고 싶다고, 너야말로 내가 변함없이 보고 싶어하는 유일한 사람이라고 말해두려고 해. 사람들은 네가 생각하는 것보다 훨씬 덜 똑똑해, 무엇보다, 무엇보다 그들은 절대 자유로운 정신을 가진 사람들이 아니야. 하지만 너는 그런 사람이지. 그건 어마어마한 힘이고, 나는 네가 오랫동안 그 마음을 간직해주기를 바라. 이건 공연한 미사여구가 아니야, 진심으로 하는 이야기야. 우리는 한계의 한가운데에 살아가고 있어. 프랑크조차 자기의 한계가 있어.

말이 났으니 말인데, 난 이제 그게 뭔지 모르겠어. 방금 데옹과 한잔했어. 우리는 정말 좋은 친구야. 그런 사실이 놀랍고 요컨대 마음에 들어. 프랑크의 원고, 넌 어떻게 생각해? 네가 돌아오면 술을 곁들인 멋진 지성인의 저녁 식사를 하자. 벌써부터 기뻐. 다만 식사 10분 전에 내가 내 머리칼을 쥐어뜯을 테니 너도 나의 불안, 공포를 함께해줘야 한다는 점만 빼고.

애, 그 칵테일파티 참석하러 지금 떠나야 해. 루소를

발견하면 그걸 읽어, 그리고 우울해하지 마. 인생은
길잖아. 새해 복 많이 받아.

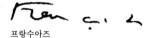

프랑수아즈

네 가족과 주변 사람들에 애정을 보내며.

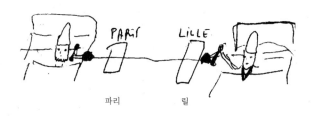

파리　　　　　　　릴

기적적으로 죽음을 모면한 플릭과 플록은 새로운
이동 수단을 물색한다.

- 플릭 : 걸어가면 어떨까, 플록?
- 플록 (우아하게) : 그걸 말이라고 하니, 샤를!

그렇게 말하고 나서 플릭과 플록은 엉덩이 통증
치료법에 대해 여러 의견을 교환하고 다시
아르니카를 언급한다.

- 플록 : 저기 봐, 아르니카야!

완치된 후 플릭과 플록은 말을 듣지 않는 근육을
풀고자 다양한 운동을 하기로 한다.

네게 편지 쓰는 게 힘들어. 쇄골이 부러져서
손목으로만 글을 쓸 수 있는데, 이제 손목이
진저리를 치고 있거든. 사랑하는 베로니크, 우린
정말 운이 좋았어.

엄청난 행운

너를 다시 만나 새로운 장난을 치고 싶은 마음
간절해. 이제 때가 됐어. 내게 편지해. 네가 보고
싶어, 네가 다쳐서 난 당황스럽고 슬퍼, 사랑해.

Chère Véronique,
사랑하는 베로니크

너랑 전화 통화를 할 수가 없구나.
어디 있을까? 뭐 하고 있을까? 꼭꼭 숨은 거야?
내 불쌍한 반투명 손가락들이 글쓰기를 힘들어해….
네 편지는 나를 매우 즐겁게 해주었지만,
난 이 병원이 지겨워, 정말 지겨워.
일주일을 꼼짝하지 않고 누워 아무것도 먹지 못하고
간호사들과 방문객들만 맞이하고, 아무 일도 못
하고. 아이고, 나는 조용히 화를 내 — 널 귀찮게
하는 일만 하고 있네, 불쌍한 내 오랜 친구야,
미안해 — 일요일에 일어나서 스타를 먹여 살릴
뭔가를 보낼게. 그래서 내 오빠가 성급하게 하는

일에서 네가 빠져나올 수 있도록.

곧 보자 친구야.

사랑해, 키키

Chère Plock,

사랑하는 플록

아아, 인생은 너무도 느리고 희망은 너무도 난폭해.

지겨워, 지겨워. 넌? 감히 말하지만, 우리가
서 있는 채로 늙어간다는 느낌이 들지 않니? 넌 언제
돌아와? 내 생각에는 네가 나보다 먼저 완치될 것
같아. 난 립*에 가려면 아직 한 달은 더 기다려야 해.
정말이지, 나는 시련이 끔찍하게 싫어. 정말이지
아무것도 배울 게 없고, 즐겁지도 않고, 지능
발달에도 — 유머에도 — 도움이 안 되는 난관이야.
우리가 조금 분별없이 자동차를 몬 3년의 대가를,

---

* Lipp, 파리 6구에 있는 카페. 브라스리, 베를렌, 아폴리네르 등이 드나들
었으며, 1935년부터 문학상을 한 번도 받지 못한 문인에게 수여하는 카즈
문학상(Prix Cazes)를 시상한다.

밤에 샹젤리제에서 시속 160으로 달린 대가를
이렇게 치르는 걸까? 난 그렇게 생각하지 않아.
이건 단지 작은 불운일 뿐이야. 자고 일어나니
콧잔등에 여드름이 나 있는 것처럼. 아무 의미
없어. 우리가 두 다리로 서 있고 자동차는 길에 서
있었다면 바람직하고, 올바르고, 유익했겠지. 그건
그렇고, 미국인들이 그 부서진 차를 600만 달러에
사기를 원해(제임스 딘의 포르셰 참조). 그리고
애스턴에서 내게 새 차(시속 280킬로미터)를
반값에 팔겠다고 제안했어. 이 모든 게 만족스러워.
하지만 6개월 동안은(시속 280킬로미터로 달리는
게) 불가능해. 정말 긴 시간이지. 넌 언제 오니?
날 보러 오는 사람들이 너무 많고, 와서는 날
귀찮게 해. 기와 아니발은 제외. 걔들은 천사야.
물론 자크도. 참, 올케언니가 임신했어. 드디어
가족이라는 측면에서 너에게 맞설 무언가가 생긴
셈이야. 자크는 6개월 동안의 조용한 삶을 기대하고
있어. 길게 편지 써줘. 네가 무지 보고 싶다. 너와
파리, 보통의 삶이 그리워. 난 회복되면 소아마비
예방주사를 맞을 거야.

넌? 사랑해.

Ploc R.

Ploc (furieux)

생크리스토프 호텔
미라마르
전화: 6 미라마르

사랑하는 베로니크 플록

너도 알지, 플릭은 네가 보고 싶어! ─ 플록은 어디
있니?

플릭은 플록이 나를 차버렸다고 호기심 많은 정신
나간 사람들에게 설명해.

상단의 인쇄가 네게 알려주듯 나는 미라마르에
있어.

상단의 인쇄에 대해서 말인데, 진통제 중독 치료의
초기 문제가 느껴져. 편두통, 현기증, 금단증상 등.
플릭은 이를 악물고 있어.

다음 그림 참조 →

이게 지금 플릭의 미소야. 입술을 칠할 빨간색
크레용이 없는 게 아쉽네. 그럼 네가 더 잘 이해할
텐데.
생트로페로 떠나자마자 우리는, 그러니까 지그재그
플로랑스와 나는, 너를 여기 오게 하려고 군법
회의를 할 거야. 우리는 지그재그의 타고난 재주와
부모 심리 분석에 기대를 걸고 있어. 너에게
시어머니가 없다는 게 아쉽구나.
플로랑스와 나는 대단히 만족해, 우리는 잠자고
일광욕하고 간단히 먹어. 궤양과 알코올의존증은
이제 끝났고, 불건전한 열정도 끝났어. 베로니크가
이곳에 있다면, 사강의 평정심과 행복은 완벽해질
거야.

다행히 곧….

무엇보다 식이요법을 계속하렴.

내가 플로랑스와 네 이야길 할 때면 항상 하는
말이지. 식이요법을 하고 나면 다시 태어난다는
것. 플로랑스가 얼마나 훌륭한 조언을 하는지,
얼마나 똑똑하고 섬세하고 신중하고 치밀한지 너도
알지(플로랑스가 내 편지를 읽거든).

걱정하지 마, 내 마음속 베로니크, 우린 곧 다시 만날
거야. 내가 정식으로 약속해.

쇼크(Chocques)에서 생트로페로 빨리 그리고
길게 답장해줘, 나는 생트로페에 수요일에 도착할
거야.
사랑해, 플록, 곧 편지할게.

추신. 플로랑스가 사랑한다고 전해달래.

4일장 장례에 가는 법:

첫째, (당신 가족과의 혈연관계와 무관하게)술을 마실 것. 조니 워커(175센티리터).

둘째, 검은 옷을 입을 것. 구덩이에 토하지 말 것. 성수채로 머리를 긁지 말 것. 토토* 이야기나 순대 이야기는 하지 말 것(마뉴의 말 참고).

셋째, 속담을 사용해 모친을 위로할 것('한 사람이 없어져도 대신할 사람을 얼마든지 있다' 같은 말들), '뭐든 적당할 때 시작해야지 늦게 시작해서 서둘러봤자 소용없다' 같은 표현은 사용하지 말 것.

넷째, 그의 모친에게 조카들 인사 시키기를 잊지 말 것. 다음 세대가 한 세대의 뒤를 잇는 일은 위안이 됨.

다섯째, 다른 생각을 하도록 노력할 것(그라스의 꽃 축제 등).

---

* Toto, 코미디에 등장하는 실수투성이의 무례하고 고집 센 아이 캐릭터.

I Je pense : | un peu | beaucoup | passionnément | pas du tout

à l'Algérie ——————————————— x

à Véronique ———————————— x

aux hommes — x

à mon livre ————— x

à Paola — x

à Guy —— x

à l'Épi-Club ——————————————— x

à Paris ——————————————— x

à Chantelle (je l'ai rencontrée un soir avec 1 chemise rouge chez Régine)

II Mon livre va : ~~[illegible]~~ moitié bien ~~[illegible]~~

(rayer les mentions inutiles)

III Je suis : ~~[illegible]~~ ça va - ~~[illegible]~~

IV Je rentre : ~~Bientôt~~ ~~dans 15 jours~~ ~~plus tard~~ - ne sais pas -

V Youki est : content - odieux - adorable - bronzé.

A vous lire, je vous adresse mes respectueuses salutations

Véronique Campion

7 rue de Constantinople

Ci-joint article insensé sur Alain Delon - j'ai pensé que tu aimerais -

Chèr folane,

사랑하는 베로니크

너는 꼭 나를 보러 와야 해. 나는 흠 잡을 데 없는
집에서 수도사 같은 생활을 하고 있어. 실성한 듯한
웃음과 캉피옹 8번의 세련된 재치가 그리울 뿐이야.
요즘 왜 안 오는 거야? 기는 내일 와서 사흘 있을
거야. 비가 제법 내려서 불을 넉넉하게 지폈어. 넌,
넌 뭘 하고 있니? 세네샬(Sénéchal)과 사이가
틀어졌어(걔는 너무 많이 마시고 모든 게, 심지어 나
같은 여자들도 쉽다고 생각하거든).
난 완전 빈털터리야. 네가 보고 싶어. 사랑해.
우정을 보내며.

추신 : 알랭 드롱에 대해 쓴 기사 훌륭했어?

Le facteur doit délivrer un récépissé souché lorsqu'il est chargé de recouvrer une taxe

LE PORT EST GRATUIT dans l'agglomération du bureau d'arrivée

RÉPUBLIQUE FRANÇAISE **TÉLÉGRAMME** POSTES-TÉLÉGRAPHES-TÉLÉPHONES

VERONIQUE CAMPION

7 RUEDECONSTANTINOPLE PARIS 118 =

파리 118 콘스탄티노플 거리 7번지
베로니크 캉피옹에게

0<=264187   PARIS F

CT VERONIQUE CAMPION 7

47211C   NICE F

Le télégramme est identifié à l'aide des indications portées, dans l'ordre ci-dessous, avant le texte du télégramme. L'heure de dépôt est indiquée par un nombre de quatre chiffres.

ORIGINE	NUMÉRO	NOMBRE DE MOTS	DATE DE DÉPÔT	HEURE DE DÉPÔT	MENTIONS DE SERVICE	Timbre à date
NICE 00528	18	10	2115 =			

T ATTENDRAI MARDI MATIN SAINTRAPHAEL STOP

TELEPHONE SINON STOP

AFFECTIONS ET RAVISSEMENT =   FRANCOISE =

Nº 701   ● Pour toute réclamation concernant ce télégramme, présenter cette formule au bureau distributeur. ●
I. S. 421526. O. VOIR AU VERSO la signification des principales indications qui peuvent éventuellement figurer en tête de l'adresse.

화요일 아침 생 라파엘에서 기다릴게
변동 있으면 전화해
애정과 환희를 담아 프랑수아즈

129

작품연보

1954년 슬픔이여 안녕 | 소설, 쥘리아르 출판사, 비평가상 수상

1956년 어떤 미소 | 소설, 쥘리아르 출판사

1957년 한 달 후, 일 년 후 | 소설, 쥘리아르 출판사

1959년 브람스를 좋아하세요… | 소설, 쥘리아르 출판사

1960년 스웨덴의 성(Château en Suède) | 희곡, 쥘리아르 출
판사

1961년 바이올린은 때때로(Les violons parfois) | 희곡, 쥘
리아르 출판사

신기한 구름 | 소설, 쥘리아르 출판사

1963년　발랑틴의 연보랏빛 드레스(La robe mauve de Valentine) | 희곡, 쥘리아르 출판사

1964년　해독 일기 | 일기, 베르나르 뷔페 그림, 쥘리아르 출판사 | 2009년에 스톡 출판사에서 재출간

행복, 막다른 골목, 통행로(Bonheur, impair et passe) 희곡, 쥘리아르 출판사

1965년　패배의 신호 | 소설, 쥘리아르 출판사

1966년　사라진 말(Le cheval évanoui) | 희곡, 쥘리아르 출판사

가시(L'écharde) | 희곡, 쥘리아르 출판사

1968년　마음의 파수꾼 | 소설, 쥘리아르 출판사

1969년　찬물 속 한 줄기 햇빛(Un peu de soleil dans l'eau froide) | 소설, 플라마리온 출판사 | 2010년에 스톡 출판사에서 재출간)

1970년　풀밭 위 피아노(Un piano dans l'herbe) | 희곡, 플라마리온 출판사 | 2010년에 스톡 출판사에서 재출간

1972년　마음의 푸른 상흔 | 소설, 플라마리온 출판사 | 2009년에 스톡 출판사에서 재출간

1974년　잃어버린 옆모습 | 소설, 플라마리온 출판사 | 2010년에 스톡 출판사에서 재출간

1975년　답변들(Réponses) | 인터뷰, 포베르 출판사

길모퉁이 카페 | 단편집, 플라마리온 출판사 | 2009년에
스톡 출판사에서 재출간

프랑수아즈 사강이 이야기하고 기슬랭 뒤사르
가 본 브리지트 바르도(Brigitte Bardot) | 플라마리
온 출판사

1977년 흐트러진 침대 | 소설, 플라마리온 출판사 | 2010년에 스
톡 출판사에서 재출간

보르자 가문의 금빛 혈통(Le sang doré des
Borgia) | 공동 작업 시나리오 | 플라마리온 출판사

1979년 밤낮으로 날이 맑고(Il fait beau jour et nuit) 희
곡, 플라마리온 출판사 | 2010년에 스톡 출판사에서 재출간

1980년 엎드리는 개 | 소설, 플라마리온 출판사 | 2011년에 스톡
출판사에서 재출간

1981년 무대 음악(Musiques de scènes) | 단편집, 플라마리
온 출판사

화장한 여자(La femme fardée) | 소설, 포베르 에 렘
지 출판사 | 2011년에 스톡 출판사에서 재출간

1983년 고요한 폭풍(Un orage immobile) | 소설, 쥘리아르
출판사 | 2010년에 스톡 출판사에서 재출간

1984년 고통과 환희의 순간들 | 소설, Gallimard

1985년 라켈 베가의 집(La maison de Raquel Vega) | 페르난도 보테로의 그림에서 영감을 받은 소설, 라 디페랑스 출판사

지루한 전쟁(De guerre lasse) | 소설, 갈리마르 출판사

1987년 사라 베른하르트, 깨뜨릴 수 없는 웃음(Sarah Bernhardt, le rire incassable) | 소설, 로베르 라퐁 출판사

수채화의 피 | 소설, 갈리마르 출판사

1988년 파리의 파수꾼(La sentinelle de Paris) | 로베르 라퐁 출판사

대리석 위에서 발견된 연대기 1952-1962(Au marbre : chroniques retrouvées 1952-1962) | 라 데쟁볼튀르 출판사

1989년 황금의 고삐 | 소설, 쥘리아르 출판사

1991년 우회로(Les faux-fuyants) | 소설, 쥘리아르 출판사

1992년 응수들(Répliques) | 인터뷰, 콰이 볼테어 출판사

1993년 전적인 동정(Et toute ma sympathie) | 소설, 쥘리아르 출판사

작품들(Œuvres) | 로베르 라퐁 출판사 '부캥(Bouquins)' 시리즈

1994년   지나가는 슬픔 | 소설, 플론 출판사

1996년   잃어버린 거울(Le miroir égaré) | 소설, 플론 출판사

* 2004년   작가 사망

2007년   봉주르 뉴욕 | 인터뷰, 레른 출판사

2008년   특정한 시선(Un certain regard rassemble Réponses et Répliques) | 레른 출판사

임대한 집들(Maisons louées) | 레른 출판사

좋은 책들(De très bons livres) | 레른 출판사

자칼의 향연(Le régal des chacals) | 레른 출판사

영화관에서(Au cinéma) | 레른 출판사

리틀 블랙 드레스 | 레른 출판사

스위스의 편지(Lettre de Suisse) | 레른 출판사

사강 앨범(Album Sagan) | 레른 출판사

2010년   극(théâtre) | 스톡 출판사

거꾸로 읽는 개미와 베짱이 | 우화, JB 드루오 그림, 스톡 출판사

2011년   인생의 아침과 다른 극음악들(Un matin pour la vie et autres musiques de scènes) | 단편집, 스톡 출판사

2014년 아무것도 부인하지 않겠습니다-프랑수아즈 사
강과의 대담 | 대담집, 스톡 출판사

2016년 연대기(Chroniques) 1954-2003 | 르 리브르 데 포
셰 출판사

2019년 마음의 심연 | 소설, 플론 출판사

옮긴이 김계영

한국외국어대학교와 동 대학원을 졸업하고, 파리 소르본 대학교에서 18세기 프랑스 문학과 디드로에 관한 연구로 박사 학위를 받았다. 프랑스 문학과 문화, 서양 근현대 문학에 대한 강의를 계속하며 문학과 예술 전반에 대한 연구와 번역 작업을 병행하고 있다. 지은 책으로『청소년을 위한 서양 문학사』(상, 하) 등이 있으며, 옮긴 책으로는『얼어붙은 여자』(공역),『앨리스』,『보바리』(공역),『달랑베르의 꿈』,『사랑에 빠진 악마』,『불쾌한 이야기』,『마르셀 뒤샹』(공역),『키는 권력이다』,『르 몽드 환경 아틀라스』,『르 몽드 세계사』 등이 있다.

인생은 너무도 느리고 희망은 너무도 난폭해

초판 1쇄 발행　2023년 12월 27일
초판 6쇄 발행　2025년　2월　4일

지은이　　　프랑수아즈 사강
옮긴이　　　김계영

펴낸이　　　윤석헌
편집　　　　이승희
디자인　　　강혜림
제작처　　　세걸음

펴낸곳　　　레모
출판등록　　2017년 7월 19일 제 2017-000151 호
주소　　　　서울시 서초구 서초대로 33길 99, 201호
전자우편　　editions.lesmots@gmail.com
인스타그램　@ed_lesmots

ISBN　　　979-11-91861-26-6　03860